웃음박제

박 재 우

9.23 ~ 〈 이주 간단 습관 메이킹기 〉

| 루티닝 책읽기 30분 |
| 물먹기 책읽기 |
| 책 기스 2장
 점심 기상 책기 |
| 스데핑 1회 |
| 한끝운동 |

PROLOGUE

군대에 있을 때, 매일 농담을 한 줄씩 적어서 인스타그램에 올렸습니다. 농담이 잘 나오든 나오지 않든 간에 그저 날마다 적어나갈 뿐이었죠. 처음에는 사람들도 시큰둥하다가 200일이 넘도록 빠짐없이 업로드를 했더니 '이거 나중에 농담집으로 발간해도 되겠다.'라는 댓글이 달리더라고요.

그리고 마침내 2년이 지난 지금,
실제로 농담집을 출간하게 됐네요.

군대에서 매일 농담을 적는다는 건 어둡고 답답했던 현실을 날마다 다른 각도로 바라보는 과정이었습니다. 아주 당연한 일상에서 농담을 짜내기 위해, 당연하다고 생각한 모든 것들에 의문을 붙이기 시작했죠.

왜 이등병 때보다 상병장이 되면 짜증을 더 낼까?
왜 계약서는 한 줄 요약이 안 될까?

이건 왜 이렇고, 저건 왜 저럴까?

그렇게 매일을 조금씩 다른 각도로 바라보니, 정말 제 현실도 달라지기 시작했습니다. 운전하면서 듣는 빵빵 소리가 기분이 나쁘다가도, '와 이 경적 소리, 이선균 목소리로 바꾸면 대박이겠는데?' 하는 생각이 들었어요. 결국 그 농담을 통해 좋은 반응을 얻어서, 정규 스탠드업 코미디언이 되었어요.

배우가 되기 위해 4년 동안 혼을 쏟아부었지만 재능이 없다는 것을 깨닫고 포기할 때만 해도 '왜 이렇게 연기 실력이 애매할까?' 하고 고민했었습니다. 지나고 보니 이 애매한 연기 실력 덕분에 유튜브에서 사랑받을 수 있었던 것 같아요. 너무 과하면 부담스럽고, 연기를 아예 안 배웠다면 카메라 앞에서 어색하거든요. 다른 각도로 바라보니 제 애매한 연기 실력은 유튜브 영상에 쓰기 '적절한' 연기 실력이었던 거죠.

이처럼 농담은 세상을 다른 각도로 바라보는 재미라고 생각합니다.

이 책의 제목은 「웃음박제」입니다. 사람들의 얼굴에 웃음을 박제시켜 드리고 싶다는 마음에 제 이름 '박재우'를 섞어서 <웃음박

재>라는 채널을 만들었듯이, 이번엔 진짜로 책에 제 농담들을 박제했습니다. 이 박제된 농담들이 누군가의 반복되는 일상을 다른 각도로 새롭게 바라보게 만드는 계기가 되었으면 좋겠습니다.

달 한가운데에 있는 것처럼 세상이 어둡게 느껴지시나요?

걱정하지 마세요.

그 달의 뒤편에는, 눈부신 태양이 나를 기다리고 있으니까요.

CONTENTS

착각 × 불안할 때는 어떻게 하죠? × 어떻게 창의적으로 생각하죠? × 무엇을 선택해야 할까요? × 뭔가를 싫어하는 마음이 들면 어쩌죠? × 세상이 거지 개떡 같은데 어떻게 희망을 갖고 살죠? × 무력했던 과거가 후회돼요 × 외모 자신감이 떨어지는데 어떡하죠? 외모는 바꿀 수도 없잖아요 × 헤어지고 나서 급 후회로 폭풍 다이어트 중입니다 × 사람들을 만나면 기가 빨려요. 어쩌죠? × 다 끝난 일에 생각이 너무 많아지면 어쩌죠? × 진짜 원하는 걸 얻으면 행복해지나요? × 인터넷 중독에서 못 벗어나겠어요 × 저는 너무 나약한 것 같아요 × 저는 왜 이렇게 단점이 많을까요?

웃자고
하는
말이죠

조언

좋은 마음으로 조언을 해 주고 싶은 마음이 든다면
내가 지금 아메리카노에 시럽을 넣어 주려는 행동을
하는 게 아닐까 생각해 보자.

체스

내가 느낀 건데, 대화는 체스랑 비슷한 것 같ㅇ…

아 전략적으로 하는 거구나?

아니, 네 차례 때 하는 거라고.

이별 타이밍

이별하고 새로운 사람을 만나는 타이밍은

새 차를 뽑는 타이밍과 비슷하다.

얘를 고쳐 쓰려고 노력해 봤는데

수리비가 너무 많이 나올 때.

예민

예의가 없는 걸

민감한 것으로 착각하는구나?

눈치

아이 왜 이렇게 눈치 봐. 눈치 보지 마!

라고 눈치 주잖아요…

실례

저 실례되는 말인 걸 알지만…

알면 하지 마세요.

좋

이거 오늘까지 다 끝내 놔.

네…

왜, 싫어?

아 아뇨, 좋… 같 아요!

자기가 하고 싶은 일을 할 때

우리는 '좋다'라고 한다.

반대로 하기 싫은 일을 할 때는

'좋같다'라고 한다.

실패

이번에 내가 떠올린 아이디어가 있는데, 이렇게 저렇게 해서…

에휴. 야, 네가 실패를 제대로 해 본 적이 없으니까 그런 허황된 아이디어가 나오는 거야. 알겠어?

…네가 왜 제대로 실패했는지는 알 것 같다…!

속마음 번역기 1

정말 미안해 = **정말 미안함**

정말 미안한데 = **진짜 하나도 안 미안함**

네 마음 이해했어 = **이해함**

네 마음 이해는 가는데 = **진짜 1도 이해가 안 감**

속마음 번역기 2

잘 지내? 난 넘 바쁘다 ㅠㅠㅠ퓨퓨ㅠ

= 사실 네가 잘 지내는지는 한 개도 안 궁금하니까,
  내 위대한 업적을 듣고 화려한 리액션부터 해라.

속마음 번역기 3

○○이가 한 말의 연장선인데…

= 내가 말하려고 했는데 쟤가 시원찮게 말하니까
  속이 안 풀려서 한 번 더 말함.

속마음 번역기 4

내가 했던 조언은 다 무시해 그냥. 어차피 정답은 없으니까!

= 암만 봐도 내 말이 100% 맞긴 한데,

   그렇다고 네 결과를 책임지고 싶지는 않아.

속마음 번역기 5

근데…

= 네 말은 잘 알겠으나 네 뜻을 따를 생각은
  1도 없으니 내 생각에 공감이나 해라.
  똑같은 얘기 또 듣고 싶지 않으면.

속마음 번역기 6

한 입만 주라.

= 계속 먹을 건데 허락은 받아야 하니까 하는 말이야.

속마음 번역기 7

나 몸이 안 좋아서 먼저 잘게.

= 기분이 안 좋은 건데

   너 때문이라고 말하기 자존심 상해.

진짜 성격 파악하는 법

나는 성격이 개인적이야.

= 저는 아싸입니다.

나는 좀 예민해.

= 성격이 더럽습니다.

나는 완벽주의야.

= 짜증 내는 거 말고는 할 줄 아는 게 없습니다.

나는 원칙주의야.

= 계속 말하지만 전 고지식한 게 아니라,

‘고’지식한 겁니다.

나는 호불호가 좀 갈려.

= 제 옆에 있는 애들은 천사예요, 진짜.

동의

사회생활의 기본은

상사의 말에 웃으며 동의하는 거라고 했다.

"에휴… 너한테 일 시킨 내가 등신이지."

"오, 맞아요 부장님. 진짜 등신!"

기분

좀만 열 받아도 금방 상합니다.

상할까 봐 차갑게 구는 거니

이해 부탁드립니다.

칭찬

부장님이 나를 못살게 굴 때는

오히려 칭찬을 해 보세요.

"부장님. 넥타이가 멋지신데요?"

"부장님. 정말 매사에 완벽하시네요."

이렇게요.

:

"오, 부장님 진짜

얼굴에 비해 나이가 동안이시네요."

치료법

마음이 안 좋으면 심리 치료

성격이 안 좋으면 물리 치료

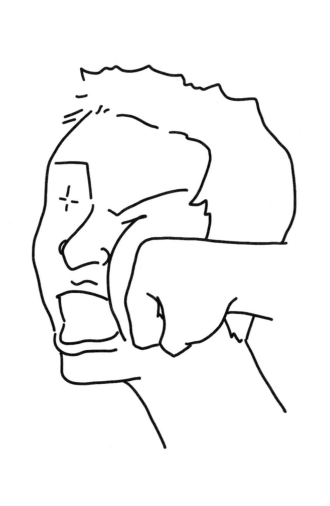

효율

말끝마다 효율성을 강조하는 너는

짜증 내는 것보다 웃는 게 더 효율적이라는 사실은 모르는가 보다.

신입 때 받는 전화

신입일 때는 회사에서 전화 받는 것도 떨리잖아요.

꼭 리암 니슨이 받을 것만 같아요.

#I_WILL_FIND_YOU

#I_WILL_KILL_YOU

쇼생크 탈출

지인 추천으로 알바를 구하면 처음에는 참 좋다.

들어갈 땐 하이패스이기 때문이다.

"○○가 입이 마르도록 칭찬을 해서 이력서 보지도 않고 재우씨 뽑은 거야."

그런데 나올 때는 거의 수용소 탈출보다 어렵다.

"○○가 입이 마르도록 칭찬을 해서 뽑아 놨더니… ○○씨한테 전화 좀 해 봐야겠네."

회식 자리 무한 반복

막내야, 맛있어? 아, 이럴 때는 막내가 구워줘야 하는데…

죄송합니다. 제가 굽겠습니다.

아니야, 줘 줘! …… 아, 그림이 별로다. 이런 건 역시 막내가…

넵. 제가 하겠습니다.

야야, 늦었어, 늦었어. 집게 이리 줘! …… 막내 진짜 열심히 먹
기만 하네?

앗, 진짜 제가 굽겠…

됐어, 됐어. 맛있게 먹어.

$$\vdots$$

구워지는 건 고기가 아니라 나였다.

곱게 자라면

재우 씨는 확실히 곱게 자라서 그런가.

고기를 너무 못 굽는다. 에휴… 줘 봐.

오, 대리님. 고기 진짜 잘 구우시네요.

어디 아오지 탄광에서 자라셨나.

완벽주의

다 했습니다.

이게 다 한 거야? 진짜? 정말로?

네가 봤을 때는 완벽하다고 생각해?

내가 더 완벽하게 하면 어떡할래?

완벽주의자들이 제일 완벽하게 해내는 것은

완벽하게 지멋대로인 성격뿐이다.

세상살이

그거 하나 못해서 세상살이 어떻게 할래?

:

이 새X 이거 하나 못 넘어가서 세상살이 어떻게 했지?

술자리 기술

호신술

상대에게서 오는 공격을 슬쩍 흘려서

내가 먼저 쓰러뜨리는 기술

호신 술

부장님에게서 오는 술잔을 슬쩍 흘려서

부장님을 먼저 쓰러뜨리는 기술

취지

취지가 좋은 일 특징 : 지금 못 함

$$\vdots$$

과장님, 요즘 재택근무가 대세라는데 저희도 할까요?

그 취지는 좋은데, 나 나가면 해라.

농담일 수도 있고
농담이 아닐 수도
있습니다

불안

불안은 사채업자와도 같다.

수년이나 지난 일을 가지고

아직도 불쑥불쑥 찾아와

마음의 멱살을 잡아댄다.

돈

부자들이 보는 돈 = 돈

가난한 자가 보는 돈 = Don't

엔딩

해피 엔딩 아니면 어떤가.

회피 엔딩 아니면 된 거지.

볼펜

아이에서 어른이 되면

연필보다 볼펜을 더 많이 쓰게 된다.

그건

이제 실수하면 고칠 수 없는 시기가 찾아왔다.

라는 뜻인가 보다.

꽃

아휴… 나는 이제 글렀다.

다른 사람들은 젊었을 때 다 성공하고 잘 사는데,

나는 뭐 하는 건지.

시기가 뭐가 중요해?

계절마다 피는 꽃이 다른 거지.

걔네는 봄에 피는 꽃이고,

너는 겨울에 피는 꽃이 아닐까?

현 위치

아, 맞아! 여기서 그때 자빠졌었잖아.

아, 여기! 빵 냄새 완전 고소했잖아.

아, 그래! 이 풀숲에서 여치 잡고 그랬는데.

$$\vdots$$

옛날에는 추억으로 길을 찾았는데

이제는 내비게이션으로 길을 찾게 되었다.

그 덕분에 어디로 가야 할지만 알고

정작 여기가 어딘지는 모르게 되었다.

인질극

"먼저 돈을 주면, 아이를 돌려주지."

"안 돼요. 아이를 돌려주면 돈을 드릴게요."

세상은 이렇게 우리의 현실을 납치해 놓고 협상을 벌인다.

먼저 행복해지면, 좋은 현실을 주지.

아니, 일단 좋은 현실을 주세요! 그러면 행복해질게요.

시뮬레이션

쟤가 나한테 이렇게 말하면
나는 이렇게 저렇게 받아쳐야지.
그리고 걔가 거기에 또 답하면 나는…

내가 싫어하는 사람과 이렇게

계속 싸우는 상상을 하는 것은

내가 그 사람을 이기지 못한다는 뜻이다.

이미 이길 상대였다면

싸우는 상상조차 할 필요가 없을 테니까.

피할 수 없을 땐 즐기기 전에
최선을 다해 피했는지 생각해 보자

피할 수 없으면 즐기라고 하는데

세상을 살다 보면 왜 이렇게 피할 수 없는 게 많은지 모르겠다.

회사 가는 것도 피할 수가 없고

출근하려고 아침 일찍 일어나는 것도 피할 수가 없고

안 친한데 어쩔 수 없이 가서 히히덕거려야 하는 술 모임도

피할 수가 없다.

그런데, 정말 피할 수 없을까?

실은 피할 수 있다.

우리가 피하지 않는 것뿐이다.

왜냐하면 머릿속에 이런 생각들이 떠오르기 때문이다.

그치만 회사는 가야지.

그치만 사람들이랑 어울리긴 해야지.

이런 알 수 없는 사회적 의무감 때문에

내 즐거움을 망치는 건

나에게 최선을 다하고 있지 않다는 뜻이다.

나는 이렇게 말하고 싶다.

즐길 수 없으면 피해 봐라.

뭣 때문에 하고 싶지도 않은 일을 하러 가기 위해

새벽에 일어나야 할까?

뭣 때문에 만나고 싶지도 않은 사람을

만나야 할까?

싫은 걸 제대로 피해 봐야

제대로 즐거운 걸 찾을 수 있다.

개떡

"아니 이번에 증명사진 찍었는데, 진짜 개떡같이 나왔어."

사진 개떡같이 나왔다고 불평하지 마세요.

개떡같이 나온 게 아니라 개떡을 찍은 겁니다.

세상에 사진만큼 정확한 게 있을까?

그것도 정면 샷으로 흔들림 없이

정확하게 찍은 사진이 바로 증명사진인데 말이다.

그러니까 개떡같이 나온 게 아니라

개떡을 찍었다는 표현이 좀 더 정확하다.

짜증 나는 사람을 만난 게 아니라

짜증 나는 내 모습을 만난 것이고

기분 좋은 사람을 만난 게 아니라

기분 좋은 내 모습을 만난 것이다.

주변에 개떡 같은 일만 벌어지는 것도

내가 개떡 같이 살고 있기 때문이고

주변에 개떡 같은 사람이 찾아온다면

내가 사람들을 개떡 같이 대했기 때문이다.

우리는 어딜 가든지

나를 만난다.

컴퓨터와 사람의 공통점

자꾸 '예' 만 하면 악성코드가 깔린다.

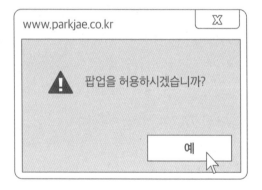

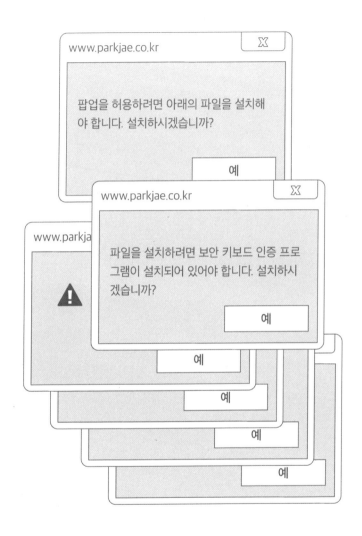

아, 뭐야?

컴퓨터가 이상해 상해 상해 ㅅ……

사회생활 하다 보면

'예'를 달고 살아야 할 때가 있다.

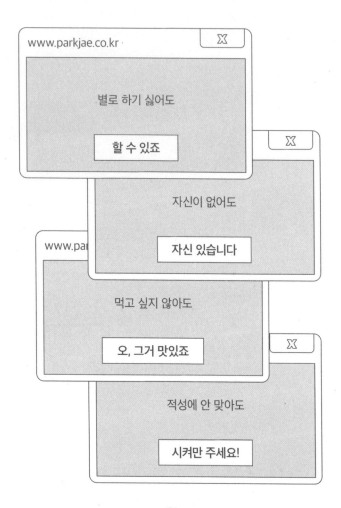

그렇게 '예'만 외치다 보면

사람이 고장 난다.

"아 좋아요! 좋아요! 좋아… 좋… 좋……."

(나 잘 되면) 밥 한번 먹자

한국 사람들은 인사치레로 늘
'밥 한번 먹자.'라고 한다.

"이야, 잘 지내? 다음에 밥 한번 먹어야 하는데."
"조만간 밥이나 한번 먹자!"

근데 왜 하필 다음에 먹는 걸까?

"이야 오랜만이다! 지금 뭐 해? 밥 먹을래?"
"야, 너무 반갑다. 오늘 저녁 7시 반에 밥 먹자 우리."

이렇게 말하는 사람은 한 번도 본 적이 없다.

왜냐하면 '언제 밥 한번 먹자.'라는 말에는

'근데 일단 지금은 아니다.'라는 의미가 깔려있기 때문이다.

"(지금은 해야 할 일이 산더미 같아서 너까지 신경 쓸 겨를은 없

으니까 나중에 내가 진짜 시간이 좀 많아지고 여유가 생겨서 잘

사는 모습을 자랑할 수 있는 시기가 오면 그때) 밥 한번 먹자!"

라는 말이 숨어있다.

밥을 지금 먹을 수 있는 사람이 되고 싶다.

착각

착각은 자유

를 뺏어간다.

내 안에 화가 너무 많던 시절.

마음을 다스리기 위해 5일 동안 템플 스테이를 간 적이 있다.

5일 동안 그곳에서 배운 건

'모든 화와 두려움은 무지, 즉 착각에서 나온다.'라는 것이었다.

머리로는 이해했지만 사실 마음 깊숙한 곳에서는 이해하지 못했다.

'다른 사람이 잘못해서가 아니라

내가 착각을 해서 화가 나는 거라고?'라는 의문이 들었다.

그렇게 5일간의 수행을 다 마쳤을 때쯤,

밥을 먹으러 가는데 갑자기 비가 막 쏟아지기 시작했다.

다행히 나는 절 밖으로 나갈 때

신발을 신으면 찝찝할 것을 대비해서

슬리퍼를 미리 챙겨왔다.

그래서 비가 쏟아지는 걸 보고

신발 대신 슬리퍼를 신으려고 하는데

슬리퍼가 없었다.

신발장을 다 뒤져 봤는데도 없었다.

그때 갑자기 화가 솟구쳐 올라왔다.

아니, 여기에 수행을 하러 온 사람들이

남의 물건을 이렇게 막 훔쳐 쓰고 그래도 되는 건가?

하, 정말.

나는 속으로 짜증을 내며 운동화를 신고

정문으로 나가서 밥을 먹은 뒤에

절 후문으로 돌아왔다.

그리고 후문에서

내가 벗어 두고 깜빡한 슬리퍼를 찾아냈다.

그 순간 모든 화가 즉시 사라졌다.

불안할 때는 어떻게 하죠?

불안한 이유는

자꾸 한 가지에만 집착하기 때문이에요.

비가 와야 한다고 집착하면

비가 안 오면 어쩌나? 불안이 생기고

비가 안 와야 한다고 집착하면

비가 오면 어쩌나? 불안이 생깁니다.

바라는 대로 되지 않았을 때의 해결책도

함께 만들어 보세요.

예를 들면

비가 오면 와서 좋고,

안 오면 안 와서 좋은 이유를 꼭 생각해 내세요.

그때부터 불안은 사라질 겁니다.

어떻게 창의적으로 생각하죠?

창의적이지 못해도 괜찮다는 생각을 하면 됩니다.

창의적인 사람들은 수많은 선택지를 생각합니다.

그런데 창의적으로 하라고 강요받는 순간

'창의적'이라는 선택지 한 개만 생각하게 되죠.

따라서 오히려 '창의적으로 못 해도 괜찮아.'라고

생각하는 것이

더 많은 가능성을 만들어 냅니다.

무엇을 선택해야 할까요?

꿈을 선택하고 돈을 포기해야 할까요?
아니면 돈을 선택하고 꿈을 포기해야 할까요?

이 질문엔 답을 하는 의미가 없는 것 같아요.

왜요?

애초에
그 두 개가 합쳐질 수 없다는 걸 전제로
질문하고 계시니까요.

뭔가를 싫어하는 마음이 들면 어쩌죠?

뭔가를 싫어할 수는 있어도, 혐오하지는 마세요.

왜요?

사과를 싫어하면

사과를 안 보겠지만

사과를 혐오하면

없애버리기 위해 사과를 찾아다니게 되거든요.

세상이 거지 개떡 같은데
어떻게 희망을 갖고 살죠?

사람들은 힘든 사람에게 흔히 하는 조언으로, 아주 사소한 것에 감사를 느끼라고 합니다. 하지만 저는 그게 딱히 좋지 않은 방법 같아요.

정말 상황이 각박하고 어려운데 억지로 감사를 느끼라는 것은 밥을 세 숟가락 먹어 놓고 "아 배부르다." 하고 말하라는 것과 같습니다.

제가 직접 겪어 본, 정말 거지 같은 환경에서도 감사함을 느끼는 방법은 지금 가지고 있는 것이 아니라 앞으로 받을 것에 대해서 미리 감사를 하는 거예요.

아무것도 없이 굶으라고 할 때는 감사하기가 매우 매우 어렵지만, 이따가 10만 원짜리 뷔페를 갈 테니까 지금 굶으라고 하면 매우 매우 감사하며 굶습니다.

제가 1년 전, 유튜브 채널을 만들기도 전에 생계를 위해 자전거로 배달을 했을 때, 몸은 지치고 돈은 조금 벌리고… 너무 힘들었습니다. 하지만 저는 그때 무척이나 감사함을 느꼈어요.

왜냐하면 저는 매일마다 "30만 유튜버가 되었음에 감사합니다."라고 말했거든요.

하루 이틀이 아니라 정말 매일 반복을 했더니 어느새 제 마음이 속기 시작하더라고요. 진짜 제가 30만 유튜버가 된 기분이었습니다.

그랬더니 100만 조회 수를 찍을 만한 아이디어가 마구 튀어나오더라고요. 그렇게 누적 조회수 8천만 회를 달성하고, 마침내 30만 유튜버가 되었습니다.

세상이 거지 개떡 같을 때, 현재 사소한 것이 아니라 내가 정말 갖고 싶은 걸 이미 받았음에 감사함을 느껴보세요. 그냥 하는 말이 아니라 정말 작정하고 감사를 느껴야 합니다.

정말정말 진짜 이루어진 것처럼요.

될 거예요.

무력했던 과거가 후회돼요.

과거에 저를 괴롭혔던
친구들 생각에 괴로워요.
왜 저는 맞고만 있었을까요.

저도 학창시절에 힘센 친구들에게
괴롭힘을 당했던 기억이 나요.
너무 답답해서 어떤 분에게 울면서 이렇게 털어놨었죠.

"나는 날마다 후회해요.
그때 왜 그놈들을 때려주지 못했을까요?"

그러자 그걸 들은 분이 이렇게 얘기하더라고요.

"야, 그 친구들한테 정말 고마워해야겠다.

그때 네가 만약 같이 때렸으면

지금 유튜브 못 했을 거 아니야. 은인들이네."

그 이후로 저는 그 사람들을 증오하지 않게 되었어요.

외모 자신감이 떨어지는데 어떡하죠? 외모는 바꿀 수도 없잖아요.

키가 큰 사람보다

커 보이는 사람이 되면 됩니다.

잘생긴 사람보다

잘생겨 보이는 사람이 되면 됩니다.

이건 수술할 필요도 없고

부작용도 없어요.

심지어 돈도 안 들죠!

(아 원빈 부럽다.)

헤어지고 나서 급 후회로
폭풍 다이어트 중입니다.

저는 왜 이렇게 소 잃고 외양간 고치는지 모르겠어요.

잘 하고 계시네요.

외양간을 고쳐야 다른 소가 들어오거든요.

사람들을 만나면 기가 빨려요. 어쩌죠?

기가 빨린다는 건

내가 지킬 게 많다는 뜻입니다.

사람들로부터 지킬 것이 많을수록

스스로 장벽을 더 세우게 되죠.

사람들이 내 기를 빨아간 게 아니라

내가 장벽을 짓느라 기를 다 쓴 겁니다.

장벽을 허무는 좋은 방법은 바로

'나는 내 생각만큼 중요한 사람이 아니다.'

라고 생각하는 겁니다.

뭔가 서운하게 느껴지시나요?

하지만 신기하게도
이 생각을 하는 순간부터는
더이상 기가 빨리지 않을 거예요.

지킬 것이 없다는 걸 깨달으면
더이상 장벽을 세울 필요가 없어지거든요.

다 끝난 일에
생각이 너무 많아지면 어쩌죠?

생각이 많아지는 이유는

결과를 못 받아들였다는 뜻입니다.

돌이킬 수 없는 일이라면

생각을 멈추려고 하지 마시고

먼저 결과를 받아들이세요.

그 즉시 생각이 멈출 겁니다.

진짜 원하는 걸 얻으면 행복해지나요?

제가 느끼기에 행복은

딱 정해진 도착지가 아니더라고요.

오히려 행복은

도착지를 향해 갈 때 보이는 풍경 같아요.

내가 도살장으로 끌려가면

모든 풍경이 끔찍합니다.

반면 내가 천국으로 가는 중이라면

모든 풍경이 정말 아름답겠죠.

그러니 일단 내가 가고 싶은 즐거운 도착지를 정하세요.

그럼 행복한 풍경이 보일 겁니다.

인터넷 중독에서 못 벗어나겠어요.

중독에 걸리는 이유는

중독성 물질 때문만은 아닐 거예요.

게임 중독에 걸린 사람이

게임에서 중독 물질이 나와서 중독되는 건 아니잖아요?

중독을 없애기 전에

그게 나의 어떤 부분을 위로해주고 있는지

살펴봐야 합니다.

게임에 중독되는 건

게임할 때 느끼는 정복감이

나를 위로해 주기 때문이고

담배에 중독되는 건

담배에서 오는 나른함이

나를 껴안아 주기 때문일 수 있어요.

게임이나 담배가 중독을 만든 게 아니에요.

내 취약한 부분이 중독을 만든 거죠.

저는 너무 나약한 것 같아요.

다른 사람들에게 자꾸만 위로받고 싶어져요.

그래서 자꾸 기대게 되는 자신이 싫어요.

어떡하죠?

아무리 위로받아도 부족한 이유는

아직 나에게 위로받지 못했기 때문입니다.

내가 나를 위로해주세요.

저는 왜 이렇게 단점이 많을까요?

자기 단점을 뿌리치면

치부가 되고

자기 단점을 껴안으면

인간미가 됩니다.

웃어버려
이 각박한
세상 속에서

천릿길

천릿길도 한 걸음부터 가면

진짜 개 멀다.

돌다리

저는 우유부단한 게 아니라 신중한 거예요!

'돌다리도 두들겨 보고 건너라.'

이런 말 모르세요?

지금 네가 너무 두들겨서 돌다리가 부서졌어.

꿀벌

바쁜 꿀벌은 슬퍼할 겨를이 없다.

왜냐하면 꿀벌이기 때문이다.

#바쁜 #인간이면 #달랐을걸?

지렁이

지렁이도 밟으면 꿈틀~~한다~~

할 뿐이다.

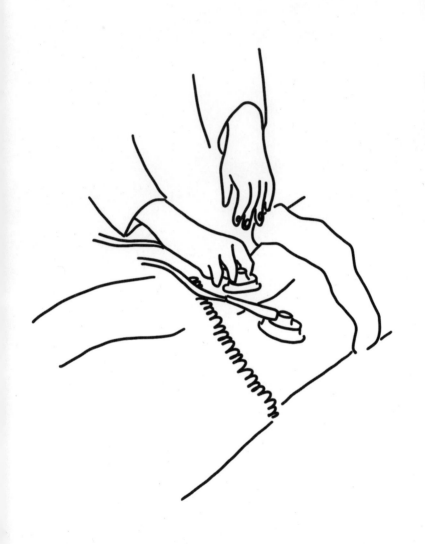

물리 치료

와 진짜

조금만 옆으로 붙이시면

진짜 딱일 텐데

아 이거 말해야 되나

내가 떼서 붙일까 그냥?

근데 그럼 소리 날 텐데

그럼 괜히 나 때문에

귀찮으실 거 같은데

근데 조금만 올리면

진짜 딱인데 하……

김칫국

야, 너 수지랑 박보영한테 동시에 고백받으면 어떻게 할 거야?

와 수지랑 박보영? 잠깐만. 와… 잠깐… 아, 너무 고민되는데?
수지는 완전 내 스타일인데… 근데 그러면 박보영이 너무 아쉬워
하지 않을까? 아니야, 근데 그렇다고 박보영한테 가면… 그럼 수지
가… 하, 진짜 둘한테 너무 미안한데? 난 빨리 결혼하고 싶은데 둘
다 결혼은 언제 하고 싶대? 자식 이름은 뭐라고 짓지?

⋮

이 새끼 김칫국 마시고 설거지까지 하고 있네.

사자성어

사면초가 = 큰일이 났음을 뜻하는 사자성어

잔액초과 = 진짜 큰일이 났음을 뜻하는 사자성어

천 냥 빚

야 내가 진짜 이번 달에 주려고 했는데…

미안하다. 다음주, 아, 아니 돈 생기면 바로 갚을게.

이 색기가

천 냥 빚을 말 한마디로 갚으려고 하네.

나폴레옹

Napoleon I (1769~1821)

프랑스의 황제. 파리 육군 사관 학교를 졸업하고 포병 장교로 활동하다가 프랑스 혁명에 참가했다. 이후 제일 집정에 취임했다. 1804년에 황제로 즉위하여 제일 제정을 수립하고 유럽 대륙을 정복했다.

인생샷 그리려고
3시간 동안 이러고 있었다

아인슈타인

Albert Einstein (1879~1955)
독일 태생의 미국 이론 물리학자. 특수 상대성 원리, 일반 상대성 원리, 광양자
가설, 통일장 이론 등을 발표하였다. 1921년에 노벨 물리학상을 받았다.

혀 클리너 추천 좀

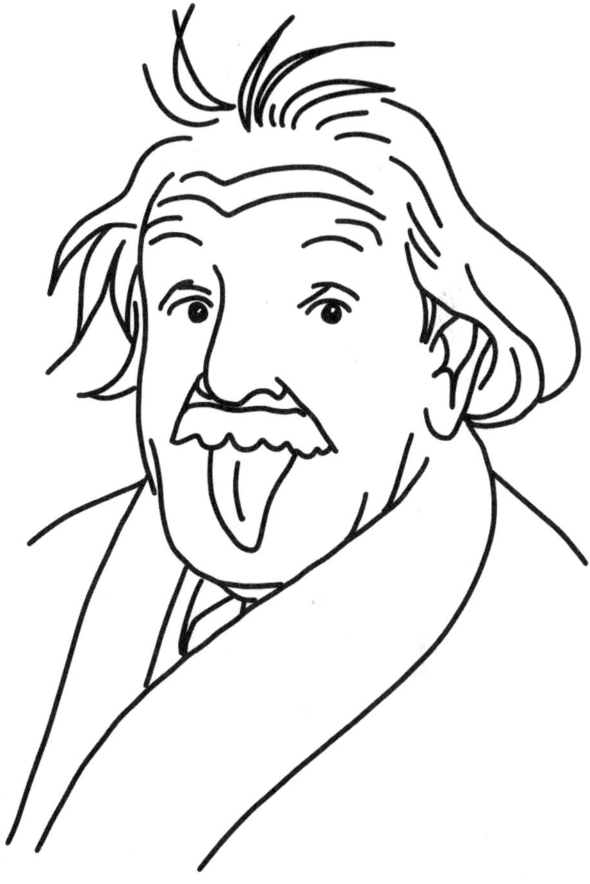

슈바이처

어느 날 밤에 슈바이처가 독서를 하고 있는데

등잔불에 하루살이와 모기가 날아와

지지직 하고 타 죽는 것을 보았습니다.

그때, 슈바이처는 이런 생각이 들었습니다.

'내 공부를 위해서 이렇게 죄 없는 생명을 죽일 수는 없다.'

그렇게 슈바이처는 불을 끄고, 모기들과 함께 잠이 들었죠.

다음날 아침에 눈을 뜬 슈바이처는 이렇게 말했어요.

Albert Schweitzer (1875~1965)
독일의 신학자·철학자·음악가·의사. 아프리카 가봉에 병원을 세워 원주민의
치료에 헌신했다. 핵 실험 금지를 주창하는 등 인류 평화에 공헌해서 1952년에
노벨 평화상을 받았다.

아 tlqkf 모기 더럽게 많네

#전기파리채구함 #에프킬라있는분

루이 암스트롱

루이 암스트롱은 미국의 재즈 트럼펫 연주자 겸 가수로

재즈계의 거장이라 불리는 사람입니다.

그리고 가장 오해를 많이 받는 인물이기도 하죠.

Louis Daniel Armstrong (1901~1971)
미국의 트럼펫 연주자 겸 가수. 악단 '올스타스'를 편성하여 활약하며 재즈의 여러 면에 큰 영향을 미쳤다.

아니;;
달에 간 적 없다고

#닐암스트롱 #아니라고

#중력테스트 #한적 #없다고

아르키메데스

어느 날, 아르키메데스는 왕의 명령을 받게 됩니다.

'가짜 황금 왕관'과 '진짜 황금 왕관'을 구분해 내라는 명이었어요.

만약 구분해 내지 못하면 목숨이 날아갈 수도 있었기에

반드시 답을 알아내야만 하는 상황에 놓인

아르키메데스는 머리가 아팠어요.

깊은 고민 탓에, 아르키메데스는 목욕탕에 가서도

답을 찾을 궁리만 하고 있었어요.

그런데 아르키메데스가 욕조의 뜨거운 물 안에 들어가는 순간,

욕조의 물이 넘치는 게 아니겠어요?

그러자 아르키메데스는 목욕탕을 박차며 이렇게 외쳤어요.

Archimedes (B.C.287~B.C.212)
고대 그리스의 자연 과학자. 원·구 따위의 구적법, 지레의 원리, 아르키메데스
의 원리 등을 발견하였다.

앗 뜨거 X발

괜찮아
농담이었다고
하면 돼

고픔

배가 고픔 = 냉장고를 자꾸 여닫음

마음이 고픔 = 카톡을 자꾸 여닫음

대리 기억

야 나 20분에 카드 챙기라고 말 좀 해 줘

내가 네 비서냐, 임마

네가 기억해

아 좀 해 줘

부탁이야

알았어

~~~~~~

야야야, 20분이야. 카드 챙겨

응. 이미 챙겼어

그럼 왜 시켰어 | 보내기

일반인과 로커의 차이점

일반인의 목이랑 로커의 목을 어떻게 구분하는지 아세요?

고음으로 구분하는 거 아니야?

아뇨. 병원으로 구분해요.

일반인이 노래 부르고 목이 아프면 이비인후과를 가는데

로커가 노래 부르고 목이 아프면 정형외과를 가거든요.

긁지 않은 복권

누가 저보고 긁지 않은 복권이라고 해서

다이어트 시작한 지 2주 됐거든요?

첫 번째 숫자부터 틀린 거 같은데

마저 긁어요? 어떡해요?

십일조

자 십일조 내실 분들은 자유롭게 내시면 됩니다.

빌 게이츠 : 네.

… 형제님? 이건 11조예요.

트루먼 쇼

돌잔치는 세상에서 가장 이상한 생일파티다.

생일 주인공 혼자만 자기 생일인 줄 모른다.

주식 떨어지면 좋은 점

주식이 떨어질 때

너무 슬퍼하지 마세요.

그냥 안구 건조증 치료 중이라고 생각하세요.

자소서

지원자의 성장 배경 및 지원 동기, 입사 후 포부를

자신의 성격 및 장단점을 넣어서 서술하시오. (500자 이내)

= 냉장고, 에어컨, TV, 소파, 진공청소기, 가습기, 제습기를

　넣으시오. (주머니에)

육아

우리 애는 천재가 아닐까? 하는 의심이

우리 애는 천재가 아니구나, 라는 확신으로 바뀌는 과정.

공부

공부 좀 못한다고 세상이 무너질까요?

너만 무너지죠!

공인인증서

내 인생 앞에 놓인 수많은 난관이

공인인증서 만료 날짜 같았으면 좋겠다.

나도 모르는 새에 넘어가 있으니까.

맘먹은 대로 되는 주식 투자 방법

1. 큰 기대를 가지지 않고, 없는 돈이라고 생각하고 넣는다.

2. 없는 돈이 된다.

면 끊는다

오늘부터 면 끊는다.

앞니로.

고수

고수의 냄새는

좋은지 안 좋은지 모르겠어.

뭔가 향긋한 발 냄새 같은 느낌이야.

알바가 노인 건강에 미치는 영향

나중에 할머니, 할아버지가 되었을 때는

절대로 손자, 손녀가 알바를 하게 둬서는 안 된다.

알바 시작 2달 안에, 나에게 큰일이 생긴다.

아… 저…ㅠㅠ 할머니가 갑자기 아프셔서…

알바 그만둬야 할 것 같아요ㅠ

경고문

게임 말고, 공부할 때도 이런 안내문이 있었으면 좋겠다.

> 공부를 시작한 지 **세 시간**이 지났습니다.
>
> **과도한 공부는 일상생활에
> 지장을 줄 수 있습니다.**

맞는 말이잖아.

약관서

"천천히 읽어보고 결정하세요 고객님."

약관서

제1관 목적 및 용어의 정의

제1조(목적) 이 보험계약(이하 '계약'이라 합니다)은 보험계약자(이하 '계약자'라 합니다)와 보험회사(이하 '회사'라 합니다) 사이에 피보험자의 질병이나 상해에 대한 위험을 보장하기 위하여 체결됩니다.

제2조(용어의 정의) 이 계약에서 사용되는 용어의 정의는, 이 계약의 다른 조항에서 달리 정의되지 않는 한 다음과 같습니다.

1. 계약관계 관련 용어
가. 계약자: 회사와 계약을 체결하고 보험료를 납입할 의무를 지는 사람을 말합니다.
나. 보험수익자: 보험금 지급사유가 발생하는 때에 회사에 보험금을 청구하여 받을 수 있는 사람을 말합니다.
다. 보험증권: 계약의 성립과 그 내용을 증명하기 위하여 회사가 계약자에게 드리는 증서를 말합니다.
라. 진단계약: 계약을 체결하기 위하여 피보험자가 건강진단을받아야 하는 계약을 말합니다.
마. 피보험자: 보험사고의 대상이 되는 사람을 말합니다.

2. 지급사유 관련 용어
가. 상해: 보험기간 중에 발생한 급격하고도 우연한 외래의 사고로 신체(의수, 의족, 의안, 의치 등 신체보조장구는 제외하나, 인공장기나 부분 의치 등 신체에 이식되어 그 기능을 대신할 경우는 포함합니다)에 입은 상해를 말합니다.
나. 장해: <부표 9> 장해분류표에서 정한 기준에 따른 장해상태를 말합니다.
다. 중요한 사항: 계약전 알릴 의무와 관련하여 회사가 그 사실을 알았더라면 계약의 청약을 거절하거나 보험가입금액 한도 제한, 일부 보장 제외, 보험금 삭감, 보험료 할증과 같이 조건부로 승낙하는 등 계약 승낙에 영향을 미칠 수 있는 사항을 말합니다.

3. 지급금과 이자율 관련 용어
가. 연단위 복리: 회사가 지급할 금전에 이자를 줄 때 1년마다 마지막 날에 그 이자를 원금에 더한 금액을 다음 1년의 원금으로 하는 이자 계산방법을 말합니다.
나. 평균공시이율 : 전체 보험회사 공시이율의 평균으로, 이 계약 체결 시점의 이율을 말합니다.
다. 해지환급금: 계약이 해지되는 때에 회사가 계약자에게 돌려주는 금액을 말합니다.

4. 기간과 날짜 관련 용어
가. 보험기간: 계약에 따라 보장을 받는 기간을 말합니다.
나. 영업일: 회사가 영업점에서 정상적으로 영업하는 날을 말하며, 토요일, '관공서의 공휴일에 관한 규정'에 따른 공휴일과 근로자의 날을 제외합니다.

제1관 목적 및 용어의 정의

제3조(보험금의 지급사유) 회사는 피보험자에게 다음 중 어느 하나의 사유가 발생한 경우에는 보험수익자에게

약정한 보험금을 지급합니다.
1. 보험기간 중에 상해의 직접결과로써 사망한 경우(질병으로 인한 사망은 제외합니다): 사망보험금
2. 보험기간 중 진단확정된 질병 또는 상해로 장해분류표(<부표 9> 참조)에서 정한 각 장해지급률에 해당하는 장해상태가 되었을 때: 후유장해보험금
3. 보험기간 중 진단확정된 질병 또는 상해로 입원, 통원, 요양, 수술 또는 수발(간병)이 필요한 상태가 되었을 때: 입원보험금, 간병보험금 등

제4조(보험금 지급에 관한 세부규정) ① 제3조(보험금의 지급사유) 제1호 '사망'에는 보험기간 중 다음 어느 하나의 사유가 발생한 경우를 포함합니다.
1. 실종선고를 받은 경우: 법원에서 인정한 실종기간이 끝나는 때에 사망한 것으로 봅니다.
2. 관공서에서 수해, 화재나 그 밖의 재난을 조사하고 사망한 것으로 통보하는 경우: 가족관계등록부에 기재된 사망연월일을 기준으로 합니다.
② 「호스피스·완화의료 및 임종과정에 있는 환자의 연명의료 결정에 관한 법률」에 따른 연명의료중단등결정 및 그 이행으로 피보험자가 사망한 경우 연명의료중단등결정 및 그 이행은 제3조(보험금의 지급사유) 제1호 '사망'의 원인 및 '사망보험금' 지급에 영향을 미치지 않습니다. <신설 2018.7.10.>
③ 제3조(보험금의 지급사유) 제2호에서 장해지급률이 상해 발생일 또는 질병의 진단 확정일부터 180일 이내에 확정되지 않는 경우에는 상해 발생일 또는 질병의 진단확정일부터 180일이 되는 날의 의사 진단에 기초하여 고정될 것으로 인정되는 상태를 장해 지급률로 결정합니다. 다만, 장해분류표(<부표 9> 참조)에 장해판정시기를 별도로 정한 경우에는 그에 따릅니다. <개정2018.7.10.>
④ 제3항에 따라 장해지급률이 결정되었으나 그 이후 보장받을 수 있는 기간(계약의 효력이 없어진 경우에는 보험기간이 10년 이상인 계약은 상해 발생일 또는 질병의 진단확정일부터 2년 이내로 하고, 보험기간이 10년 미만인 계약은 상해 발생일 또는 질병의 진단확정일부터 1년 이내)에 장해상태가 더 악화된 때에는 그 악화된 장해상태를 기준으로 장해지급률을 결정합니다. <개정2018.7.10.>
④ 삭제 <2018.7.10.> ⑤ 삭제 <2018.7.10.> ⑥ 삭제 <2018.7.10.> ⑦ 삭제 <2018.7.10.>
⑧ 장해분류표에 해당되지 않는 후유장해는 피보험자의 직업, 연령, 신분 또는 성별 등에 관계없이 신체의 장해정도에 따라 장해분류표의 구분에 준하여 지급액을 결정합니다. 다만, 장해분류표의 각 장해분류별 최저 지급률 장해정도에 이르지 않는 후유장해에 대하여는 후유장해보험금을 지급하지 않습니다.
⑨ 보험수익자와 회사가 제3조(보험금의 지급사유의 보험금 지급사유에 대해 합의하지 못할 때는 보험수익자와 회사가 함께 제3자를 정하고 그 제3자의 의견에 따를 수 있습니다. 제3자는 의료법 제3조(의료기관)에 규정한 종합병원 소속 전문의 중에 정하며,보험금 지급사유 판정에 드는 의료비용은 회사가 전액 부담합니다.
⑩ 같은 질병 또는 상해로 두 가지 이상의 후유장해가 생긴 경우에는 후유장해 지급률을 합산하여 지급합니다. 다만, 장해분류표의 각 신체부위별 판정기준에 별도로 정한 경우에는 그 기준에 따릅니다.
⑪ 다른 질병 또는 상해로 인하여 후유장해가 2회 이상 발생하였을 경우에는 그 때마다 이에 해당하는 후유장해지급률을 결정합니다. 그러나 그 후유장해가 이미 후유장해보험금을 지급받은 동일한 부위에 가중된 때에는 최종 장해상태에 해당하는 후유장해보험금에서 이미 지급받은 후유장해보험금을 차감하여 지급합니다. 다만, 장해분류표의 각 신체부위별 판정기준에서 별도로 정한경우에는 그 기준에 따릅니다.
⑫ 이미 이 계약에서 후유장해보험금 지급사유에 해당되지 않았거나(보장개시 이전의 원인에 의하거나 또는 그 이전에 발생한 후유장해를 포함합니다), 후유장해보험금이 지급되지 않았던 피보험자에게 그 신체의 동일 부위에 또다시 제11항에서 규정하는 후유장해상태가 발생하였을 경우에는 직전까지의 후유장해에 대한 후유장해보험금이 지급된 것으로 보고 최종 후유장해 상태에 해당하는 후유장해보험금에서 이를 차감하여 지급합니다.
⑬ 회사가 지급하여야 할 하나의 진단확정된 질병 또는 상해로 인한 후유장해보험금은 보험가입액을 한도로 합니다.

제5조(보험금을 지급하지 않는 사유) ①회사는 다음 중 어느 한가지로 보험금 지급사유가 발생한 때에는 보험금을 지급하지 않습니다.
1. 피보험자가 고의로 자신을 해친 경우. 다만, 피보험자가 심신상실 등으로 자유로운 의사결정을 할 수 없는 상태에서 자신을 해친 경우에는 보험금을 지급합니다.
2. 보험수익자가 고의로 피보험자를 해친 경우. 다만, 그 보험수익자가 보험금의 일부 보험수익자인 경우에는 다른 보험수익자에 대한 보험금은 지급합니다. <개정 2014.12.26.>
3. 계약자가 고의로 피보험자를 해친 경우
4. 피보험자의 임신, 출산(제왕절개를 포함합니다), 산후기. 그러나, 회사가 보장하는 보험금 지급사유로 인한 경우에는 보험금을 지급합니다.
5. 전쟁, 외국의 무력행사, 혁명, 내란, 사변, 폭동
② 회사는 다른 약정이 없으면 피보험자가 직업, 직무 또는 동호회 활동목적으로 아래에 열거된 행위로 인하여 제3조(보험금의 지급사유)의 상해 관련 보험금 지급사유가 발생한 때에는 해당 보험금을 지급하지 않습니다.
1. 전문등반(전문적인 등산용구를 사용하여 암벽 또는 빙벽을 오르내리거나 특수한 기술, 경험, 사전훈련을 필요로 하는 등반을 말합니다), 글라이더 조종, 스카이다이빙, 스쿠버다이빙, 행글라이딩, 수상보트, 패러글라이딩
2. 모터보트, 자동차 또는 오토바이에 의한 경기, 시범, 흥행(이를 위한 연습을 포함합니다) 또는 시운전(다만, 공용도로상에서 시운전을 하는 동안 보험금 지급사유가 발생한 경우에는 보장합니다)
3. 선박승무원, 어부, 사공, 그밖에 선박에 탑승하는 것을 직무로 하는 사람이 직무상 선박에 탑승하고 있는 동안
제6조(보험금 지급사유의 통지) 계약자 또는 피보험자나 보험수익자는 제3조(보험금의 지급사유)에서 정한 보험금 지급사유의 발생을 안 때에는 지체없이 그 사실을 회사에 알려야 합니다.

제7조(보험금의 청구) ① 보험수익자는 다음의 서류를 제출하고 보험금을 청구하여야 합니다.

⋮

제 7 관 분쟁의 조정 등

제37조(분쟁의 조정) 계약에 관하여 분쟁이 있는 경우 분쟁 당사자 또는 기타 이해관계인과 회사는 금융감독원장에게 조정을 신청할 수 있습니다.

제38조(관할법원) 이 계약에 관한 소송 및 민사조정은 계약자의 주소지를 관할하는 법원으로 합니다. 다만, 회사와 계약자가 합의하여 관할법원을 달리 정할 수 있습니다.

제39조(소멸시효) 보험금청구권, 만기환급금청구권, 보험료 반환청구권, 해지환급금청구권, 책임준비금 반환청구권 및 배당금청구권은 3년간 행사하지 않으면 소멸시효가 완성됩니다. <개정 2014.12.26.>

제40조(약관의 해석) ① 회사는 신의성실의 원칙에 따라 공정하게 약관을 해석하여야 하며 계약자에 따라 다르게 해석하지 않습니다.
② 회사는 약관의 뜻이 명백하지 않은 경우에는 계약자에게 유리하게 해석합니다.
③ 회사는 보험금을 지급하지 않는 사유 등 계약자나 피보험자에게 불리하거나 부담을 주는 내용은 확대하여 해석하지 않습니다.

제41조(회사가 제작한 보험안내자료 등의 효력) 보험설계사 등이 모집과정에서 사용한 회사 제작의 보험안내자료(계약의 청약을 권유하기 위해 만든 자료 등을 말합니다)의 내용이 약관의 내용과 다른 경우에는 계약자에게 유리한 내용으로 계약이 성립된 것으로 봅니다.

제42조(회사의 손해배상책임) ① 회사는 계약과 관련하여 임직원, 보험설계사 및 대리점의 책임있는 사유로 계약자, 피보험자 및 보험수익자에게 발생한 손해에 대하여 관계 법령 등에 따라 손해배상의 책임을 집니다.
② 회사는 보험금 지급 거절 및 지연지급의 사유가 없음을 알았거나 알 수 있었는데도 소를 제기하여 계약자, 피보험자 또는 보험 수익자에게 손해를 가한 경우에는 그에 따른 손해를 배상할 책임을 집니다.
③ 회사가 보험금 지급여부 및 지급금액에 관하여 현저하게 공정을 잃은 합의로 보험수익자에게 손해를 가한 경우에도 회사는 제2항에 따라 손해를 배상할 책임을 집니다.

제43조(개인정보보호) ① 회사는 이 계약과 관련된 개인정보를 이 계약의 체결, 유지, 보험금 지급 등을 위하여「개인정보 보호법」,「신용정보의 이용 및 보호에 관한 법률」등 관계 법령에 정한 경우를 제외하고 계약자, 피보험자 또는 보험수익자의 동의없이 수집, 이용, 조회 또는 제공하지 않습니다. 다만, 회사는 이 계약의 체결, 유지, 보험금 지급 등을 위하여 위 관계 법령에 따라 계약자 및 피보험자의 동의를 받아 다른 보험회사 및 보험관련단체 등에 개인정보를 제공할 수 있습니다.
② 회사는 계약과 관련된 개인정보를 안전하게 관리하여야 합니다.

제44조(준거법) 이 계약은 대한민국 법에 따라 규율되고 해석되며, 약관에서 정하지 않은 사항은 상법, 민법 등 관계 법령을 따릅니다.

제45조(예금보험에 의한 지급보장) 회사가 파산 등으로 인하여 보험금 등을 지급하지 못할 경우에는 예금자보호법에서 정하는 바에 따라 그 지급을 보장합니다.

서명 :

저희는 재촉하지 않습니다 고객님 다 읽어보세요.

어디 한번.

#보험약관은 #왜 #한줄요약이 #안될까

킬러

진짜 나 연하 킬러야!

아직 사상자가 없을 뿐이야.

한글 프로그램은 참 편리하다 이런걸 만ㄷms 만든 tkfka사람

은 정akf 정말 상을 줘   야한다 근데   こん   왜

이러는 거지 진짜 이거 만든 toRl 무슨 생각 일까 tlqkf 진짜

글 한번 쓰려다가 저혈압 치료되겠네.

길거리에 앰프로
노래가 크게 틀어져 있을 때

외국 : 다 같이 춤을 춤

한국 : 통신사 앞임

군인에게 부족한 것

군인 여러분, 자신감을 가지세요.

여러분에게는 부족한 것이 없습니다.

있다면 복무 일수 정도…?

영어 공부 안 하는 이유

책 읽으면서 팝송 듣는 걸 참 좋아하는데

영어 공부 안 하길 참 잘했다는 생각이 든다.

하마터면 영어가 해석돼서 방해받을 뻔했지 뭐야, 휴….

이름이 알려지는 건

기억 상실증이 걸린 채로

동창회에 가는 것과 비슷하다.

"와! 웃음박재 아니야?"

"… 얘가 누구더라…?"

모순 1

요즘 시대에 먹고살려면

다이어트가 필수야.

모순 2

이번에 「사회심리학」이라는 828p짜리 책을 읽었더니

다 읽느라 사람을 못 만나서 사회성이 결여됐어요.

모순 3

가장 인기 있는 카페가 어딘 줄 아세요?

사람 없는 카페요.

질투

올해에 연 매출 1억을 달성하면서 느낀 감정

경제적 자유를 누리며 달라진 점

이렇게 좋은 상 주셔서 감사합니다

⋮

SNS에 엄청난 성과를 자랑하는 사람들을 보면 배가 아프다.

그때 좋은 방법이 있다.

그 글을 고심해서 핸드폰으로 쓰는 모습을 상상하면

뭔가 굉장히 없어 보인다.

무인도

이별을 당한 사람들은

무인도에 혼자 버려진 사람들과 비슷하다.

아무도 보지 않을 걸 알면서도

병에 편지를 넣고 띄워 보낸다.

그렇게 흘러간 병들은

이별 노래 유튜브 댓글 창에 도착한다.

To***
○○아…
네가 있어서 정말 행복했던 시간이었어. 안녕.

👍 👎 답글

hug***
다시 너를 만나면 그때는 너를 꼭 안아줄 거야.

👍 👎 답글

luv***
우리의 시간은 엇갈렸지만
우리의 사랑은 하나였던 걸 나는 기억해.

👍 👎 답글

그리고 우리는 그 병을

염병이라고 부른다.

커피믹스 맛의 비밀

커피믹스의 맛의 비밀은 스틱에 있는 것 같다.

환경 호르몬 맛이 기가 막힌다.

#이걸로 #안저으면 #그맛이 #안나

모 아니면 도

아 진짜… 망했어.

왜?

주식 넣었는데 다 떨어졌어….

괜찮아, 주식이 원래 모 아니면 도잖아.

… 내 건 빽도인데?

카페 회전율

카페 의자는 왜 이렇게 불편하게 만들어 놓는 거야?

그래야 사람들이 빨리빨리 나가서 매출이 오른대.

그럼 이건 매출 대박이겠네?

죽었다 깨어나도

하… 트레이너님.

진짜 이건 죽었다 깨어나도 못 들 것 같아요.

죽었다 깨어나니까 근손실이 오는 겁니다, 회원님.

외상 후 스트레스

아줌마 이거 외상 좀 해 갈게요!

후… 저 새|끼…

복싱

단 한 번도
복싱 경기 쉬는 시간에
코치 말 듣는 복서를
본 적이 없다.
아마 로또 번호여도
무시할 것 같다.

필살기

야, 우리 엄마 필살기가 김치찌개야. 한번 먹어 봐.

이야, 맛있겠다. 잘 먹겠습니다!

⋮

아무래도 친구 어머니께서

필살기를 잘못 찍으신 것 같다….

#스킬트리 #망함

안 좋아할 때 VS 좋아할 때

오빠, 나 이번 여름에 시드니 놀러 간다!

안 좋아할 때 : 여자애가 부러움

좋아할 때 : 시드니가 부러움

어느 연인 1

네 얼굴은 너무 식상해.

오빠 뭐라고?

예쁘다는 말 밖에 안 나와.

아니 그 전에.

그러니까 예쁘다는…

식상하다고? 내가?

아니 그 말이 아니라…

식상하면 전에 그 민지인가 걔 다시 만나면 되겠네.

아니, 자기야. 예쁘다는 말을 해 주고 싶어서 그랬던 거야.

민지한테?

⋮

헤어졌던 민지가 다시 떠오르는 과정

어느 연인 2

오빠, 이 옷 어때?

오, 예쁘네. 민정아, 우리 이따 소고기 먹으러 가자.

그래. 근데 이 옷, 나랑 좀 안 어울리는 것 같지 않아?

아니야 예뻐. 빨리 너 좋아하는 소고기 먹으러 가자.

아니, 오빠. 지금 소고기가 문제가 아니잖아.

아니, 네가 전부터 소고기 먹고 싶다며. 재준인가 걔는 많이 사

줬다고 네가 막…

아니, 그 얘기가 왜 나와? 지금 내 옷 얘기하고 있잖아, 어떠냐고.

예쁘다고 했잖아.

응 그래.

아, 왜 그래. 아, 사달라고? 사 줄게! 여기 계산이요.

아니 그 말이 아니라…

⋮

헤어졌던 재준이가 다시 떠오르는 과정

피노키오가 허언증 말기인 이유

코가 큰 사람들은

코만 큰 게 아니래.

피노키오 너 이 새끼…

아저씨들의 공통점

영화 아저씨 : 오늘만 산다.

마트 아저씨 : 오늘만 세일.

반만 닮아 봐

네 형 반이라도 닮아 봐라!

반만 닮아서 능력치도 반인가 봐요···.

의사

훌륭한 의사가 되면 소개팅이 줄을 선다고 했다.

그래서 훌륭한 의사가 되었더니

환자가 줄을 서기 시작했다.

코로나의 좋은 점

조카들이 산타가 어딨냐고 물어볼 때

둘러댈 필요가 없어졌다.

"삼촌. 선물은 어딨어? 산타 할아버지는?"

지금 격리되셨어.

몰래 출국하다 걸리셨대.

헌팅 포차

넌 왜 헌팅 포차에서 가만히 앉아 있지를 못하냐?

회전 초밥집에서 초밥이 가만히 있는 거 봤냐?

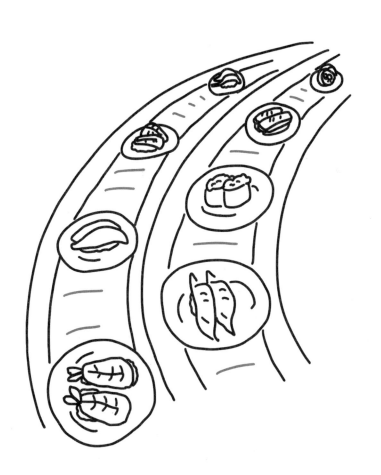

대출

자신감은 담보가 있어야 나온다.

~~~~~~

> 저 이번 달에 썸녀랑 데이트하거든요?

> 자신감 좀…

집에서 푸쉬업도 안 하시는데,
자신감을 대출해 달라고요?

이 정도로는 인스타 DM밖에 못 보내세요, 고객님.

우선순위

"학생. 그렇게 앉아서 뻐기고 있으니 좋아? 요즘 젊은것들은…."

먼저 태어나신 건 맞는데

여기 먼저 앉은 건 저인걸요…?

키스 언제

마지막 키스가 언제죠?

어… 그…

1년 전인가요?

어…

5년 전인가요?

어……

태어나서 입에 음식밖에 안 들어갔나요?

……어.

이렇게 대답하세요

오빠. 나 화장 지우면 너무 못생긴 것 같아.

야, 수박에 줄 지운다고 호박 되니?

EPILOGUE

책을 쓰면서, 정말 상상만 했던 일이 실제로 일어나니 참 신기했습니다. 저한테 책을 쓰는 일은 버킷 리스트 중 하나였거든요. 생각보다 빨리 이룰 수 있게 돼서 무척 기뻤습니다.

출간 전에는 "이 정도야 뭐 쉽지." 하면서 글을 다듬었지만, 막상 시작해보니 글만으로 사람을 웃기는 건 정말 쉽지 않은 일이라는 것도 느꼈어요. 누군가는 불편할 수 있고 누군가는 재미있어할 수 있다는 두 갈림길 사이에서 외줄을 타는 느낌이었습니다.

그래서 이 글을 보시고 나서 저건 좋다 나쁘다 보다는, 그저 그 사이에서 외줄을 타는 저의 모습을 재미있게 감상해주신다면 그것으로 감사하고 만족합니다.

글을 쓰면서, 농담을 찾아내는 건 삶을 맛깔나게 그려 나가는 거라는 생각이 들었습니다.

장미꽃 한 송이가 그려진 도화지를 보면 사람들은 "와 저 꽃이 정말 예쁘구나."라고 하죠. 그런데 그 꽃을 예쁘게 만들어 주는 건 바로 흰 '여백'입니다. 만약 여백 대신 다른 꽃이 들어가 있었다면, 장미꽃에 집중할 수 없었을 테니까요.

저에겐 그 여백이, 바로 '농담'이었습니다.
안 풀렸던 모든 일들을 하나의 농담으로 받아들이는 순간부터 진짜 자신을 찾아가기 시작한 것 같습니다.

이 책을 읽으신 분들도
모든 괴로운 일들을 하나의 여백으로 바라보면 어떨까요?
그럼 그때 진짜 꽃을 발견하게 될 테니까요.

웃음
박제

1판 1쇄 인쇄 2022년 11월 14일
1판 1쇄 발행 2022년 11월 21일

지 은 이 박재우

발 행 인 정영욱
편집총괄 정해나
기획편집 라윤형
디 자 인 이유진

펴낸곳 (주)부크럼
전　화 070-5138-9971~3 (도서기획제작팀)
홈페이지 www.bookrum.co.kr
이메일 editor@bookrum.co.kr
인스타그램 @bookrum.official
블로그 blog.naver.com/s2mfairy
포스트 post.naver.com/s2mfairy

ⓒ 박재우, 2022
ISBN 979-11-6214-422-0 (03800)